GUÍA DE LECTURA

Escrita por Éléonore Quinaux
Traducida por Tamara Montes Blanco

El Libro de los Baltimore

de Joël Dicker

JOËL DICKER

NOVELISTA DE LA SUIZA ROMANDA EMPA-PADO DE ESTADOS UNIDOS

- **Nacido en 1985 en Ginebra (Suiza)**
- **Algunas de sus obras:**
  - *El Tigre* (2005), relato
  - *Los últimos días de nuestros padres* (2012), novela
  - *La verdad sobre el caso Harry Quebert* (2012), novela

Diplomado en Derecho por la Universidad de Ginebra, Joël Dicker nace en un ambiente literario. Así pues, desde la infancia, se decanta de forma natural por las letras y crea con diez años *La gaceta de los animales*, que dirigió durante muchos años. En 2005, su novela *El Tigre* le permite destacar en el Premio internacional de jóvenes autores de Lausana, que recompensa a los escritores menores de veinte años.

A continuación, se vuelve un apasionado del género de la novela histórica con *Los últimos días de nuestros padres*, por la que recibe el Premio de los Escritores Ginebrinos en 2010. Pero su consagración realmente toma forma con *La verdad sobre el caso Harry Quebert* (2012) gracias a la que se convierte en un autor de éxito y que le otorga reconocimiento en un ambiente literario mayor, de tal modo que consigue el Premio Goncourt des Lycéens y el Gran Premio de Novela de la Academia Francesa en el mismo año. La trama transcurre en América del Norte, región que el autor aprecia: de niño pasó allí la mayoría de sus vacaciones.

EL LIBRO DE LOS BALTIMORE

UNA SAGA AMERICANA CONTEMPORÁNEA

- **Género:** novela
- **Edición de referencia:** Dicker, Joël. 2016. *El Libro de los Baltimore*. Traducido por Maria Teresa Gallego Urrutia y Amaya García Gallego. Barcelona: Alfaguara
- **Primera edición:** 2016
- **Temáticas:** saga familiar, Goldman, enriquecimiento, la caída, las rivalidades, Estados Unidos

En esta novela publicada en 2016, el lector se vuelve a encontrar con el protagonista de *La verdad sobre el caso Harry Quebert*, Marcus Goldman, un escritor de éxito. Pero esta vez, lo que se dispone a escribir no es una novela policíaca, sino más bien su historia familiar. De sus abuelos, que tuvieron dos hijos, salen dos «ramas»: los Goldman de Montclair y los Goldman de Baltimore.

A través de la reagrupación de fuentes y testimonios, que se engranan de los años sesenta a la actualidad, Marcus descubre los secretos de su familia y el peso doloroso de los ocultamientos y las mentiras. Como un investigador, el narrador revela poco a poco los elementos complejos que constituyen la parte sombría de su historia. ¿Conocemos realmente a su familia? ¿Es legítima la idealización de la infancia? Celos, rivalidad y venganza, estos son los motores de esta novela en la que la trama tiene lugar en la costa este de Estados Unidos.

RESUMEN

UNA NOVELA PARA LIBERARSE DEL PASADO

Noviembre de 2012, Acción de Gracias, un coche se para en Montclair (Nueva Jersey). De él sale una pareja, separada desde hace ocho años: el escritor Marcus Goldman y Alexandra Neville. Juntos, entran en casa de los padres de Marcus. Este último tiene una gran noticia: se acabó idolatrar un pasado que ya queda atrás y quizá no tan dorado como en su recuerdo de adolescente. Puesto que desde hace mucho tiempo admira a su tío de Baltimore, Saul Goldman, Marcus decide consagrarle su próxima novela: *El Libro de los Baltimore*. Tras el éxito que tuvo en 2006 con su novela *G de Goldstein*, dedicada a sus primos fallecidos Hillel y Woody, es hora de liberarse del pasado y de sus pesados secretos.

Una fecha clave atormenta el espíritu de Marcus: el 24 de noviembre de 2004. Ese día, Hillel, hijo de Saul Goldman, mata a su hermano adoptivo Woody y después se suicida con un arma de fuego en Baltimore. ¿Por qué? ¿Cómo una familia tan feliz puede haberse visto empujada así a un drama tan sórdido?

RECUERDOS DE INFANCIA

Refugiado en Boca Ratón (Florida), Marcus desea disfrutar de la calma para escribir. ¿Pero sobre qué? Sacado de sus pensamientos fantasiosos por un perro perdido llamado Duke, se da cuenta de que el animal pertenece a Kevin Legendre, jugador profesional de *hockey* y pareja de Alexandra, su ex compañera sentimental. El recuerdo de esta última y los sentimientos que aún los azotan, aunque lleven ocho años separados, hacen que empiece a interrogarse sobre su historia familiar.

Puesto que él conoció a Alexandra gracias a sus primos, Hillel Goldman y Woodrow Finn. Este último, un chico abandonado y camorrista, conmueve tanto a la familia Goldman de Baltimore que se convierte en un miembro más y lo adoptan enseguida. De niño, cada vez que puede, Marcus pasa tiempo con la familia de sus sueños, la que no corresponde en absoluto al modelo más modesto de sus padres. El tío Saul, brillante abogado, está casado con Anita, una médica magnífica, y gracias a ganancias obtenidas de complejos asuntos de finanzas, se enriqueció con rapidez. Asimismo, es indudablemente el favorito de los abuelos Goldman. Cada año, en Acción de Gracias, Marcus vuelve a tener la impresión de haber nacido en una rama mediocre. Entonces, la única manera de probar esta riqueza es pasar mucho tiempo en las residencias de Baltimore y de los Hamptons (península neoyorquina apreciada por la élite como lugar de veraneo). Marcus funda allí, con sus primos, la banda de los Goldman. Se complementan los unos a los otros: Hillel es el superdotado incomprendido, ayudado y defendido por Woody, el deportista, el intrépido, la fuerza del grupo; en cuanto a Marcus, él es el calmado, el reflexivo, pero sufre por ser excluido a causa de su origen geográfico de Montclair.

DOS HERMANOS RIVALES

Sin embargo, la dominación de los Goldman de Baltimore es bastante reciente. De su ascensión social a su destitución, una única palabra es recurrente: la rivalidad. Así, Marcus se entera gracias a su investigación de que su tío no siempre fue el preferido. En realidad, su padre Nathan lo era para su abuelo Max. Propietario de una fábrica de material médico, este último deseaba que sus hijos codirigieran la empresa. Saul desea iniciar estudios de medicina, pero su padre no le comprende, por lo que le ofrece una universidad menos prestigiosa que la de su hermano y lo obliga a tomar clases de gestión. Influido por un profesor de derechos cívicos con ideas opuestas a las de su propio progenitor será, durante doce años, rechazado por él.

Pero cuando la fábrica está a punto de entrar en quiebra, Nathan vuelve a contactar con Saul por sus competencias en materia de venta y de adquisición de empresas. Este último salva la situación y aconseja a su hermano y a su padre que utilicen el dinero obtenido en la transacción para comprar acciones. Entonces disponen de 600 000 dólares cada uno debido a la venta de la fábrica, pero sólo Saul invierte su parte en bolsa y consigue doblarla. Envidioso del éxito de su hermano, Nathan adquiere acciones con los ahorros paternos, pero demasiado tarde. A pesar de las advertencias de su hermano, que lo avisa de un derrumbamiento, Nathan se obstina y acaba en bancarrota. Entonces se vuelven las tornas: la familia no reniega de Nathan, hijo querido, pero Max depende a partir de ahora de la renta que le otorga Saul para sobrevivir.

UNA HISTORIA QUE SE REPITE

Esta antigua rivalidad entre Nathan y Saul recae sobre su descendencia. Saul adopta a Woody y le da así un hermano a Hillel. Woody es musculoso y atrae a las chicas: el perfecto opuesto de Hillel. Aunque esta diferencia los unió bastante en la adolescencia, tiene un efecto destructor en su relación en el período final del instituto y en la universidad, de lo que nadie se da cuenta. Marcus, que interroga a su entorno, se queda estupefacto con las cosas de las que se entera. El cuadro idealizado se desmorona: a sus primos les interesa el fútbol, no por gusto, sino por rivalidad. Hillel quiere ser el mejor entrenador para mostrar su superioridad intelectual a sus padres, puesto que se siente apartado por las proezas deportivas de Woody. En lo que se refiere a este último, ambiciona ser el mejor jugador y conseguir una beca universitaria para contentar a sus padres adoptivos y ganarse un puesto en el clan.

En el transcurso de este primer enfrentamiento conocen a Scott Neville, el hermano de Alexandra. Marcus se acerca a la joven, a la que no parará de animar en su sueño de seguir una carrera musical. Mientras viven un romance de unos meses, Marcus continúa ignorando el distanciamiento de los hermanos adoptivos. Patrick Neville, el padre de Alexandra, aconseja a Hillel y a Woody que escojan la Universidad de Madison, entonces estos hacen de él su mentor y será la persona más querida por ambos.

Saul, que piensa que perderá su figura de padre frente a este rival más rico, se endeuda para poner su nombre al estadio de la universidad. Woody pide llevar el apellido Goldman en su camiseta y, para Hillel, eso es la gota que colma el vaso: dopa a Woody a sus espaldas, lo que le impide conseguir plaza en un equipo nacional. Cuando se da cuenta de las extrañas deudas de su esposo, Anita abandona a Saul y encuentra apoyo moral y afectivo junto a Patrick Neville. Woody los sorprende juntos el día de San Valentín y huye, afectado al pensar en ese adulterio. Pero se equivoca y, cuando Anita quiere alcanzarlo para darle explicaciones, una camioneta la arrolla. Woody, carcomido por la culpabilidad, se aísla y se queda en Madison con su pareja Colleen, una camarera divorciada de su marido Luke, que ha sido encarcelado por un periodo de tres años.

UN DRAMA ANUNCIADO

Cuando Marcus termina sus estudios, el clan familiar se ha roto y él decide acompañar a Alexandra a Nashville para que se abra camino en la música. Marcus sigue los consejos que ella le da y decide reunir a los Goldman. Tras un bonito reencuentro, todos se prometen festejar Acción de Gracias juntos, pero no tendrán la ocasión de hacerlo. Cuando sorprende a Woody y a Colleen en su casa, Luke, que ha salido de prisión, les pega una paliza. Al ver a su pareja por el suelo, Woody dispara a Luke y lo mata.

Por desgracia, la legítima defensa no es aceptada. Woody se declara culpable para evitar la prisión a Colleen. Unos días más tarde, entra en la penitenciaría de Cheshire para cumplir una pena de cinco años. Es Hillel el que lleva a su hermano a la penitenciaría, pero un *marshal* (un oficial americano) informa a Saul de que nunca han llegado. Fugitivos, sueñan con irse a Canadá, pero los persiguen y regresan en autobús a Baltimore. Entonces, rodeados por la policía, deciden matarse.

Tras este drama, Saul Goldman vive aún durante unos años en una casita en Coconut Grove, en Florida, antes de que un cáncer de páncreas acabe con él. En cuanto a Marcus, la reconstitución de la historia de su familia lo libera de los antiguos demonios enterrados por su clan.

ESTUDIO DE LOS PERSONAJES

MARCUS GOLDMAN

Es el narrador de la novela. Es un escritor estadounidense de origen judío, nacido en la costa este de Estados Unidos y que vive en Montclair (Nueva Jersey). Hijo único, sus padres pertenecen a la clase media y él envidia, hasta la treintena, a la rama de la familia por el lado del hermano de su padre, los Goldman de Baltimore. Ante sus primos, a menudo ha denigrado también a sus propios padres, avergonzado por su condición modesta.

De adolescente, pasa Acción de Gracias con toda la familia en casa de sus abuelos en Florida y va en tren, siempre que puede, a casa de su tío Saul. Aprovecha igualmente las vacaciones escolares para ir a la villa de Saul en los Hamptons y a la Buenavista, un apartamento de lujo adquirido ulteriormente. Tras haber asistido a la escuela pública, va a una facultad de letras en Massachusetts, donde publica algunos relatos en el periódico universitario.

Su renombre como escritor ha hecho de él una persona muy acomodada. Posee un apartamento en Nueva York, en West Village, y se ha comprado una villa en Boca Ratón, en Florida, para estar tranquilo y escribir en compañía de su vecino y amigo Leo, un antiguo profesor jubilado al que también le gustaría ser escritor, pero que no lo consigue.

Siempre ha sido consciente de los problemas que existen entre su padre y su tío Saul, pero ignora su naturaleza durante mucho tiempo. Lo que le pone la mosca detrás de la oreja son algunas reflexiones de su madre. Siempre admirador de su tío, tanto en épocas de ventura como de pobreza, Marcus elogia particularmente la dignidad y la gentileza de las que hace gala en toda circunstancia. Esto lo empuja a permanecer a su lado hasta los últimos meses de su existencia. Entonces decide llevar a cabo una investigación sobre los secretos de su familia, para descubrir qué esconden los ocultamientos y las actitudes extrañas de unos y de otros. Durante mucho tiempo, creyó que él era el elemento excluido y reemplazable del clan, pero descubre con su investigación que siempre ha suscitado admiración en todos, incluso en esos a los que él tenía por más inteligentes o más dotados que él, como su primo Hillel.

Marcus ama a Alexandra Neville, de la que lleva ocho años separado cuando comienza la acción de la novela y a la que terminará por reconquistar al final de esta. Torpe con las mujeres por naturaleza, inventa estratagemas estúpidas para seducir de nuevo a Alexandra, con la que volverá a juntarse finalmente en Inglaterra. Es el único que siempre creyó en ella, mucho antes de que ella se convirtiera en una estrella de la música, y que la animó a seguir su sueño cuando la llevó a Nashville.

SAUL GOLDMAN

Nacido en Secaucus (Nueva Jersey), Saul es el hijo mayor de Max y Ruth Goldman. Está dotado de un espíritu de reflexión agudo, y Max lo imagina codirigiendo la empresa que él ha creado. En cambio, Saul, en perfecta armonía con su hermano Nathan en un primer momento, decide orientarse hacia los estudios de medicina. De su padre, Saul heredó su espíritu obtuso, lo cual no ayuda a instaurar la paz entre los dos hombres. Están doce años sin hablarse.

Durante sus estudios, le marca la figura del profesor Hendricks, con cuya hija, Anita, se casará y tendrá un hijo, Hillel. El maestro, preocupado por los derechos cívicos, los lleva a diversas manifestaciones. Saul aprovecha para descubrir los diferentes Estados y emitir un proyecto de sucursales unidas a la fábrica de su padre, pero este no le escuchará jamás. Tras sus estudios de derecho, se vuelven las tornas, se especializa en asuntos financieros, funda su propio despacho de abogados y se enriquece cada vez más.

Mientras trabaja como voluntario para diversos organismos, se interesa más particularmente por la suerte de un joven abandonado, Woodrow Finn, al que terminará por adoptar. Dueño de bonitos coches y magníficas propiedades, se hace cargo de todos los gastos de sus padres —sin ingresos tras la mala inversión de Nathan—. Es famoso y aparece en la televisión cuando se trata de asuntos importantes. Lo que más le importa es ser admirado: por su mujer, su hijo, su familia en general y sus amigos.

Toda su vida siente rivalidad: con su hermano, con su padre y luego con Patrick Neville. Tiene una necesidad continua de reconocimiento. Despedido de su propio despacho de abogados por malversación de fondos, le incautan su casa de Baltimore y se instala, tras la muerte de sus hijos, en Florida. Aunque vive de haber vendido la villa de los Hamptons y el apartamento de Buenavista, tiene que resignarse a trabajar como cajero de un supermercado, porque la crisis de las hipotecas de alto riesgo le hizo perder el capital que le quedaba. Muere junto a su sobrino Marcus y su gerente y amiga Faith en la casita de Florida.

WOODROW FINN

Woodrow Marshal Finn fue abandonado por su madre al nacer y rápidamente desatendido por su padre. Este último se volvió a casar y fundó una nueva familia, en la que ya no quedaba hueco para su hijo. Woody, que es originario del barrio este de Baltimore —conocido por sus toxicómanos y otros hechos de costumbres— entra en un hogar para niños difíciles dirigido por Artie Crawford, un amigo de Saul Goldman.

Aunque es un chico amable, tiene el arte de meterse en situaciones complicadas, puesto que posee un espíritu muy camorrista. Promete a Saul, que lo saca de un gran número de pasos en falso, que intentará no meterse en más peleas. Se considera en deuda con el abogado, y lo primero que quiere hacer es cortarle el césped. Entonces Saul Goldman tiene la idea de hacerle trabajar para Bank, un jardinero que vive en la zona. Protegiendo a Hillel de las agresiones repetidas de sus compañeros de clase, se va integrando poco a poco en su familia, y pasa a ser un miembro más de ella al completo y casi un hermano para Hillel. De la misma edad que este último, siempre ha estado más desarrollado físicamente. Primero, apasionado del baloncesto, luego se decanta por el fútbol americano, puesto que se da cuenta de que su progenitor prefiere este deporte. Pero, decepcionado por una estancia en casa de este padre alcohólico y completamente desinteresado por su hijo, decide no volver a tener contacto con él.

Dedicado por completo a la causa Goldman, protege siempre a Hillel de sus potenciales agresores y los dos chicos se hacen inseparables, pero también rivales. Enamorado de Alexandra Neville, abandona la idea de seducirla cuando se entera de que Marcus la pretende. Se consagra entonces por completo al deporte y se convierte en una de las estrellas del equipo universitario de Madison, hasta que da positivo en dopaje, aunque clama su inocencia. Cuando descubre que Hillel le ha tendido una trampa, quiere informar de ello a su mentor y agente deportivo, Patrick Neville, pero lo descubre en compañía de Anita, que será arrollada mortalmente por una camioneta esa misma tarde. Él se dibujará siempre como el culpable de su muerte.

Woody pretende a Colleen, una mujer divorciada, encargada de una estación de servicio. Él la defiende y contribuye a enviar a su exmarido violento, Luke, a prisión. Cuando este sale, Woody lo mata durante un violento altercado y es condenado a cinco años de cárcel. Huye en compañía de su hermano hacia Canadá, pero su fuga se detiene de pronto debido al asesinato de un policía. A petición de Woody, Hillel lo matará de un disparo en la nuca, una vez regresan a su casa de Baltimore.

HILLEL GOLDMAN

Pequeño, enclenque, muy inteligente, Hillel es profundamente antisocial. En conflicto perpetuo con sus compañeros de clase, sus padres lo cambian de centro continuamente. Impertinente, molesta a la mayoría de los profesores. Al final ingresa en un colegio privado de Baltimore en el que un chico al que llaman Cerdo lo maltrata con regularidad. Puesto que quiere esconder sus agresiones a sus padres para que no lo metan en un colegio especial, Woody lo protege.

Hillel acaba por conseguir que Woody entre en el mismo colegio privado que él chantajeando a su director, al que ha sorprendido en flagrante delito de adulterio. Los dos hermanos abandonarán juntos este colegio para irse a un instituto público, con el fin de que Woody pueda entrar en un buen equipo de fútbol del que Hillel será el coentrenador. Responsable del fallecimiento prematuro de Scott Neville, que padecía mucoviscidosis (enfermedad que conlleva graves problemas respiratorios), al hacerle subir en pleno partido a un campo de fútbol, lo expulsan del instituto e ingresa en un colegio especializado. Este cambio le suscita resentimiento hacia Woody, que permanece junto a sus padres.

Siempre estuvo prendado de Alexandra Neville, pero acepta fácilmente la relación que ella lleva con Marcus. Como agrada mucho a Patrick Neville por su espíritu alerta, su inteligencia y su gusto por la política, ingresa en la Universidad de Madison. Celoso de los éxitos deportivos de Woody, lo dopará a sus espaldas por medio de Talacen (un derivado de la morfina). Paralelamente, destaca entre sus profesores por sus escritos en el periódico de la universidad. Se deja crecer un poco de barba y adopta el físico de un intelectual, un poco menos flacucho que antes.

Para compensar el daño que le causó a Woody, acepta llevarlo a la penitenciaría de Cheshire y huir con él, llevándose todos sus ahorros, 200 000 dólares, los cuales les acabarán robando. Woody le pide que lo mate, y Hillel lo hace con el arma con la que él primero había matado a un policía. Después, se suicida en la villa de Baltimore.

ALEXANDRA NEVILLE

Dos años mayor que Hillel y Marcus, Alexandra provoca el

efecto de un maremoto en el clan Goldman, puesto que cada uno de sus miembros se encapricha de ella. Es la hermana de Scott y este es el intermediario a través del cual la conocen. Tiene la piel clara, el cabello rubio y los ojos almendrados. Tiene un don para la música que, gracias a los ánimos de Marcus, le permite convertirse en una estrella de la canción.

Tras un romance de algunos meses con Marcus a la edad de diecisiete años, lo deja cuando entra a la Universidad de Madison, para finalmente volver con él una vez se ha diplomado. Al principio, ocultan su relación durante un tiempo para no dañar a los primos, también enamorados, con los que Marcus además hizo el pacto de no tocar jamás a Alexandra. Con ella, vive sus primeras emociones amorosas y siente celos por primera vez. Finalmente viven una larga relación.

El escritor la deja durante sus vacaciones en las Bahamas tras el drama de sus primos. Ella le confiesa que estaba al corriente de su escapada mortal y que fue ella quien, para protegerlo, pidió a Hillel y a Woody que no le dijeran nada.

Ocho años después, la pareja se reencuentra con la ocasión del traslado de Marcus a Florida. La joven, que ahora vive con el jugador profesional de *hockey* Kevin Legendre, no planea dejar al deportista. Sin embargo, Duke, el perro que ella compró cuando se separaron, es el elemento que los va a volver a unir. Ella toma consciencia de los sentimientos que todavía experimenta por Marcus y deja a Kevin. Entonces ayuda al escritor, en la distancia, con las investigaciones sobre su familia y termina por anunciarle que está en Londres, donde él se encontrará con ella al final de su investigación.

CLAVES DE LECTURA

LA SAGA FAMILIAR

Saga es un término islandés que quiere decir «narrar historias». Si, en el origen, la saga designa un conjunto de relatos históricos y de leyendas en prosa, rápidamente comprende también una categoría denominada «saga de familias» o «saga de los islandeses», que retrata, a la manera del cantar de gesta, los grandes hechos de los clanes o de las familias de los siglos X y XI. Las proezas narradas poseen un carácter mítico, casi sobrenatural. Por extensión, el término «saga» se emplea para designar un ciclo romanesco que trata sobre una misma familia a lo largo de varias generaciones.

Según testimonio del propio autor, Joël Dicker, en el transcurso de una entrevista, la historia de los Goldman bien constituye un ciclo novelesco, que él concebía inicialmente como una trilogía americana. Puesto que él mismo pasó temporadas en Estados Unidos, se inspira en el marco real de la costa este. Imaginado entre la publicación y la promoción de *La verdad sobre el caso Harry Quebert*, *El Libro de los Baltimore* ha de comprenderse como el volumen inicial de la saga, el caso Quebert no constituye más que una continuación centrada sólo en el personaje de Marcus Goldman.

Además, como indica la definición de la saga literaria, se trata de una historia sobre varias generaciones: los abuelos Goldman, sus dos hijos (Saul y Nathan) y su descendencia directa (Hillel y Marcus) e indirecta (Woody). El conjunto de miembros de esta familia está descrito, así como todas sus maquinaciones y reacciones psicológicas, a la manera de una novela costumbrista que hubiera podido escribir Balzac (escritor francés, 1799-1850).

Una saga clásica, tradicional, conlleva siempre un elemento mítico. En la saga contemporánea, se necesita un objeto o un ser que suscite fascinación —pensemos, por ejemplo, en la agitación causada por un vampiro en la saga de Stephanie Meyer (escritora estadounidense, autora de la célebre serie *Crepúsculo*)—. Aquí, esta fascinación la ejerce el personaje de Saul Godman sobre su sobrino. Pero Marcus descubre muchos malentendidos y hechos casi inconfesables en personas que él, en cambio, tenía por irreprochables, como su tío. Las historias familiares descansan siempre sobre elementos secretos. Esta novela está llena de ellos.

LA RIVALIDAD FRATERNAL

Desde siempre, los relatos mitológicos o históricos nos han transmitido textos que tienen como tema la rivalidad entre hermanos, de sangre o no. Pensamos instantáneamente en la historia bíblica de Caín y Abel en la que el primero mata a su hermano por celos, porque Dios no ha tenido con él los mismos favores que con Abel. Citemos incluso un episodio de la mitología griega, el combate a muerte sobre las murallas de Tebas entre Eteocles y Polinices, que se matan el uno al otro por predilección por el poder. En esta novela, la rivalidad entre los hermanos se extiende en dos generaciones: la de Saul y Nathan y la de Hillel y Woody. Destacamos que Max Goldman fomenta esta competición entre sus dos hijos, ya que considera a Nathan como el hijo ideal que responde a las esperanzas de sucesión paternas, y a Saul como el malvado hijo que tiene otras aspiraciones.

En psicología, se considera que, aunque la hermandad permite el desarrollo de todos, pone freno a la evolución individual. De hecho, por un lado, la libertad de un niño está limitada por el espacio del otro (hermano o hermana) y, por otro lado, en toda familia, los padres no pueden abstenerse de darle importancia a los dones o los errores de uno u otro. Desde entonces, una rivalidad, incluso inconsciente, se sitúa en el seno del grupo, a menudo entre niños del mismo sexo, para destacarse ante las figuras parentales. Cada niño necesita, en algún momento de su desarrollo, afirmar su individualidad, ahí es donde estallan las tensiones y los celos.

Según la psicóloga estadounidense Sylvia Rimm, el fenómeno de rivalidad se acentúa cuando los niños son de la misma edad o cuando uno de los niños presenta características propias de un superdotado. Estas características se encuentran en la relación entre Hillel y Woody: estos están efectivamente en constante competición, uno porque es sangre de los Goldman, el otro porque reclama el apellido, para arrebatarse el primer puesto ante los ojos de sus padres. La armonía de la hermandad vuela entonces en pedazos.

EL MODELO AMERICANO HERIDO

La novela de Dicker funciona con muchas hipotiposis. Esta figura retórica consiste en reforzar la integración del lector en la historia, para dar una impresión de realidad. Para hacer esto, el autor describe una América conocida por los europeos por el modelo de éxito que encarna: la ascensión fulgurante de una familia en el país donde nada es imposible. Ha esparcido por aquí y por allá algunas marcas bien conocidas o algunos clichés del imaginario colectivo relativo al país del tío Sam: las camareras con chapa de identificación, los moteles con piscinas con forma de alubia, el lujo de los Hamptons, los barrios residenciales impecables, alineados, casi idénticos y vigilados por guardas privados que podríamos encontrar en series de televisión como *Weeds* o *Mujeres desesperadas*.

Pero esta representación sólo es aplicable a una parte de la América actual, que se divide en realidad entre los ricos, todos sacados del mismo molde e hijos de un éxito bursátil, y la clase media, cada vez menos representada y que se desliza poco a poco por la pendiente de la pobreza. Al narrar el enriquecimiento rápido de una familia y su desmoronamiento tan fulgurante, Joël Dicker nos recuerda que el sueño americano es relativo y que realmente no existe un punto intermedio. ¿Entonces, qué tipo de esperanza nos queda con tal modelo de funcionamiento y de gobierno?

Finalmente, esta focalización sobre una familia ovacionada y después desprestigiada permite a cualquier lector recolocar sus expectativas: ¿es el éxito económico nuestro único valor? ¿No hay elementos más crecientes, más dignos, más importantes que el modelo regido por el dinero? ¿De qué vale la riqueza si se gana en detrimento del prójimo, del propio equilibrio de su familia y de auténticos valores morales? Son las cuestiones que plantea esta novela.

PISTAS PARA LA REFLEXIÓN

ALGUNAS PREGUNTAS PARA PROFUNDIZAR EN SU REFLEXIÓN...

- En su opinión, ¿debemos contemplar este libro como una novela o como un diario íntimo del narrador?
- ¿Podemos hablar en este caso de novela realista? Enumere sus características.
- Compare el ciclo de los Goldman con otros ciclos literarios como el de los *Rougon-Macquart* de Zola (escritor francés, 1840-1902). ¿Qué similitudes encuentra?
- ¿Qué características de la saga familiar se encuentran en la novela?
- El personaje de Marcus Goldman, ¿parece evolucionar en las dos novelas de Dicker de las que es protagonista, *La verdad sobre el caso Harry Quebert* y *El Libro de los Baltimore*?
- ¿Podríamos ver a Marcus Goldman como algún tipo de doble de Joël Dicker? Explíquelo con ejemplos sacados de la novela.
- ¿La investigación llevada a cabo por Marcus en relación con su familia se parece a una investigación policiaca? ¿Qué elementos las acercan?
- ¿Conoce otras historias de rivalidad fraternal? ¿En qué se parecen a las de esta novela?
- ¿Se debe cuestionar el modelo económico estadounidense? Justifique su respuesta.
- ¿Le parece aún que la América actual es una tierra prometida de éxito? Justifíquelo.

¡Su opinión nos interesa!
¡Deje un comentario en la página web de su librería en línea,
y comparta sus favoritos en las redes sociales!

PARA IR MÁS ALLÁ

EDICIÓN DE REFERENCIA

- Dicker, Joël. 2016. *El Libro de los Baltimore*. Traducido por Maria Teresa Gallego Urrutia y Amaya García Gallego. Barcelona: Alfaguara.

EN RESUMENEXPRESS.COM

- Guía de lectura de *La verdad sobre el caso Harry Quebert* de Joël Dicker.